我们的注视

多么新鲜

陈德根 著

陕西新华出版

太白文艺出版社·西安

图书在版编目（CIP）数据

我们的注视多么新鲜／陈德根 著 . --西安：太白
文艺出版社，2023. 10

ISBN 978-7-5513-2488-5

Ⅰ . ①我… Ⅱ . ①陈… Ⅲ . ①诗集–中国–当代
Ⅳ . ①I227

中国国家版本馆 CIP 数据核字（2023）第 174898 号

我们的注视多么新鲜
WOMEN DE ZHUSHI DUOME XINXIAN

作　　者	陈德根
责任编辑	曹　甜
封面设计	书香力扬
版式设计	书香力扬
出版发行	太白文艺出版社
经　　销	新华书店
印　　刷	四川科德彩色数码科技有限公司
开　　本	880mm×1230mm　　1/32
字　　数	80 千字
印　　张	5
版　　次	2023 年 10 月第 1 版
印　　次	2023 年 10 月第 1 次印刷
书　　号	ISBN 978-7-5513-2488-5
定　　价	48. 00 元

默默打动，自然认同

（代序）

一位朋友问，如果不写诗，你现在的境况该如何？我笑而不答。我想，如果不写诗，我物质方面极有可能更加富足，但精神方面会比较贫乏。这位朋友在我遥远的故乡经商，并执着地做当摄影师的梦。某日，他在微信朋友圈发了一张自拍照，没有文字，徐徐微风在照片上吹拂他额头和眼角浅浅的皱纹。他比我小两岁。我鼻头不由得一阵酸楚，一晃，已过去那么多年，我们已然渐渐显露了老态。又几日过去，他在朋友圈发了一组照片，配图文字节选自我以高原风物为主题的诗句。文图可谓相得益彰，整体风格温暖、苍凉、厚重、辽阔。其中一张，我们共同的一个同龄朋友站在几棵黄叶飘零的大树之间，侧身而立，凝神仰望远处的群山，他挺拔魁梧的脊背微驼，法令纹深刻凌厉，中年气象一览无余。他擅长经商，如今在南方一座城市里经营一家不大不小的公司，是令人羡慕的成功人士。我心里一动，涌起一阵暖流，岁月蹉跎，时过境迁，但我们坚持内心所爱，无怨无悔。

一个比我年长的朋友住在乡下，写诗多年，偶尔也拿出去发表。如同他年迈的父母，酿酒，偶尔挑着担到集市上出售，补贴家用。一家人的性情与日子都恬淡平和，如同他的诗歌风格，细细品咂，余味无穷。

有一个诗人走马灯似的频繁换工作，钱花光了再打工，辗转于不同的城市。他说做得最长的一份工作是三个月，因为工资要押三个月。秀才遇到兵了，他苦笑着摇头，光头如同一颗刚剥开的卤蛋，泛黄，泛着我们都熟识的光泽。他的诗歌不能说写得不好，只是格调沉郁，像一朵乌云盘桓不止，让人略感压抑，不忍细细赏读。多年来，他四处奔波，乐此不疲。一把年纪了，仍然光棍一条，只恋爱不结婚——他笑着说。如同他只写诗，不发表。接着，他有几分狡黠地眨眼，反问我们，写诗，一定要发表吗？我们没有人回答。几只眼睛直勾勾地盯着他，像看着一头倨傲、满不在乎，衣冠不整却刚打了胜仗的藏獒。他的反问，我们无法作答。

曾经有一个早些年写诗的邻居，他家一楼开着店铺，常年对外承接各类磨具夹具加工业务，收入颇为丰厚。他业余时间执着于音响设备收藏，不料竟然形成了规模。开盘机、电唱机、电子管收音机、晶体管收音机、国产进口收录机，应有尽有。大家都空闲时，他邀请我去收藏室里参观，琳琅满目的电器让人仿佛置身于另外一个时空。它们有序摆放在架子上，造型或笨拙或秀巧，古朴、经典，洋溢着岁月的气息。难得的是，每一台老物件的历史、性能和特点，他都了如指掌，如数家珍，娓娓道来，令人叹服。多年过去，我常常想起这个不苟言笑却热爱生活的男人，他对自己爱好的坚持，恰如我对写作的坚持。

有个熟人患癌症去世很久了，亲人朋友才知道，多年来，他默默地资助了好几个大山深处的孩子完成学业。认识好多年了，他后来才知道我写作，半开玩笑半认真地说我藏得够深的。他又立即表扬我，寂寞地发光和默默地发热，也许是诗歌的另一种形态和意义。而我更觉得他像诗歌的另一种形式，积蓄着炙热的力量，让靠近他的人们感受着，赞叹着，回味着。直到恍然发现，自己的生活原来离苍白残酷的现实那么近，离真相那么近，自然而然就被打动了，认同了。

目录

CONTENTS

第一辑　礼物

第二辑　记忆

第三辑 所见

第四辑　怀念

礼物

第一辑

慢

海贝碰撞的声音要很久
才消失。风像海的羽毛
它们在我眼里，慢慢飘远

白云并非鸥鸟的客栈
它们慢慢离开自己
扶摇直上，越过
黄金般的海岸
它们用诗人的语言筑就巢穴

岸边沙柳记得旷野的模样
也记得星辰在空中泅渡的模样
让人心疼的慢
仿佛时光停滞，我们脸上依旧
洋溢着年少时天真的笑容

岸边走来的年轻人
舒展他们的青春
岸边涌来干净的沙粒
舒展它们的自由

沙粒慢慢没过脚背，仿佛
海贝的声音在响动，矜持
明亮。而我是其中之一
我们一起
慢慢消失于远处的河川

2023. 3. 20

礼物

空山赠我金黄鸟鸣
响彻秋天的山野

溪涧赠我奔腾的流水
响彻秋天的山野

鸟鸣与流水在我的行囊里

黄叶将纷飞赠予我
落满肩头，衬托
无穷尽的寂静、辽阔和凋敝

时间赠我曲折，我沿着脚印回顾、反省
衰老、病痛、皱纹和会心一笑
这些礼物寻常，陌生又亲切
像蚂蚁，让我想起人类的渺小
像蜜蜂，给人间带来甜蜜

2023. 3. 22

记一个黄昏

汲水者寡言少语
刚从一天的劳作里抽身而出
黄昏在给他的足印注入水
细微声响在井沿之外回荡

他走在回家的途中
走在滴答的水声里

落日在他的身上涂抹，远山
浅淡的灰色有点凉，他的手心有点凉
如同尘世的生活，小小的幸福
悲欢，正在穿过他
以及我，百感交集的目光

我去过一条河的上游

我在石凳上
抽了一下午的香烟
它平静如一面镜子

但是我见过它动情的时刻
是岸边柳枝在风中摇向它的时候

我读过村志里关于它的一段文字
溯源去过它的上游

它和我一样。我有
浮萍般的异乡生活

它每天要从陌生的地方
马不停蹄赶到这里

2023. 3. 13

虚度偶书

有时听她弹琴
忧伤如灰尘，有时
如新雪，有时
如一封信般
催促我

有时听她说话
陡然欢喜，有时看她笑
璀璨如繁星打动人心，有时
她突然沉默，如一轮新月般
寂寞地照耀我

有时，我们脉脉不得语
无边无际的树荫
梦境似的罩下来。我们什么
都不做
像明信片
躺在邮筒里

2023. 2. 19

火车站

雾散开了
火车站露出它的站台
以及从遥远的地方
铺过来的铁轨

出站口走来
我的爱人

她从雾一样慢慢
散开的人群中走出来

2023. 2. 28

致大海

退潮时，仿佛大海回故乡
暮霭从浪涛中穿过
三五成群的露营者
陆续回到帐篷里

炊烟和星光同时升起
照亮漫长的海岸线

月亮出现在对岸
仿佛大海提着灯

它们离我越来越远
大海已经把一切抚平

大海像一个在麦地里的农人
把那些星星，一颗
一颗捡了起来

2023.3.25

冬至日有感

光洁的贝壳，它们
在案几上抵足而眠
久违的亲近，暮霭中，大海把
隆隆的涛声送到我面前

久等的雪终究没有来
风刮着纷飞的樟叶

我想起浪潮怎样漫过我的脚趾
如同炭火顺从地依偎
在灰烬滚烫的怀中

那一年冬至日，我在
母亲坟前长跪不起，呜咽
如大海无法
止息波涛，一遍遍无用地道歉

2022. 12. 22

小雪

细雪落在瓦屋上
似伤口结痂
细雪落在茅草屋上
似亲人重逢

我顺着小路
进入另一条小路
像一粒雪
落在旷野深处

如果我是一粒雪
要落在
一间茅草屋的院子里

慢慢、轻轻地落
落成他们喜欢的样子

2022. 11. 22

雨夜

你停下来等我时，雨更大了
稠密的它们，像心里骤然
涌动的暖意

雨更大时，我们和一群人
挤在一家鲜花店洁净的屋檐下
店内的电视机里，世界杯比赛正酣
外面雨声嘈杂里，车灯陆离
慰藉着我们的焦躁

我们不约而同地沉默
直到另一拨避雨的人到来
直到能够清晰看到对面钢铁工厂
下夜班的工人鱼贯而出
直到星光重新将它
沧桑的圆形拱顶显现在眼前
工友们像熟人，纷纷来到我们中间

2022. 10. 5

在旷野接受赞美

两只鸟交颈低语
它们时而为对方梳理羽毛
之后同时轻轻
落在一丛野玫瑰上

坐在旁边的我们
像刚完工的雕塑

我们被爱加持
被喜悦感染

我们像雕塑，认真地
接受两只鸟
长时间的端详和赞美

2022. 9. 6

在深山

被打扰的一片青冈树林，是心甘
情愿的吗？纷飞的落叶
扑向我。从树叶上滑下的水珠
滴到我额头上。没有风的时候
它们的孤独感，不会比我少

没有风的时候，它们
一动不动，就没有人知道
它们在独自面对这一切

如同我不笑的时候
没有人看得到我
浅浅的皱纹

2022. 8. 7

冬日偶作

前二十年看到雪景，心中
雀跃，后二十年看到
我满眼都是雪，我的心
正独自将它们运来

但我终究无法将它们运到这里
辜负了空荡荡的森林
安静下来的原野
低下头颅的山群

抱歉了，我说，雪下在了
多年前。而我
白茫茫的心，仍默默地
从遥远的地方将它们运来

2023. 1. 4

海边目睹沉船有感

我曾经乘坐这艘船抵达别人的城市
现在它仍保持出发的姿势
仿佛它，随时会
解开铁锚驶向海的深处
仿佛我们要一起
去完成一次艰难的远足

风呜呜地吹响破败的船帆
仿佛发动机在耳边轰然响起
仿佛风吹的是我
仿佛发动机是我

仿佛这艘沉船
它锈蚀的锚，会一路敲打我
踉踉跄跄的身影

2023. 3. 2

春日上山所见

一棵病树卧在路上
枝丫带着隐约绿色
山溪涨水
漫溢在路上

群山披翠，喜悦
映衬人们的神情
野草们长成了自己希望的样子

山民在种树
白杨、松树、香樟……
从市场里，来到春天的山谷
站在路边迎接我们

2023. 2. 1

第一辑　礼物

想象土豆开花的样子

刚种下，就开始想象
它们开花
刚掩上松软的泥土
就开始想象它们结果

想象它们像我们
接受漫天星光照耀
接受冗长雨季的洗礼

掩上泥土，我开始想象
它们披上一层薄薄的霜雪
在一阵春雨中开花
白色紫色的花
像它们母亲、祖母和外婆当年的样子

2022. 10. 6

雨中

雨把我们从各处
聚到小商铺的屋檐下
一大束菊花，将葱茏的田野
带了过来。一只燕子
朝我们低飞而来，像一滴雨
落在它们的房门口

雏燕在巢里叽叽喳喳
像一阵更加细密的雨

旁边的幼儿园，孩子们的歌声
是另一场雨

没有人希望
这些雨停下来

2022. 12. 7

闲坐偶作

我曾在海边闲坐，看浪起浪落
大海平静地如我闲坐
聆听自身发出的巨响

我时而像一个
快要消失的音符
急切地将自己送上去

我在山间闲坐
松涛仿佛一双手
抚过山壑的琴键

我时而像一个
快要消失的音符
奋不顾身地把自己递出去

2022. 9. 3

除夕

雪人长着喜庆的眉眼
他立于大红灯笼下
我道晚安，给他点烟
仿佛我们是亲戚
烟花碎屑和细雪落在帽子上
他抬头的表情
像一个雪夜里远行归来的父亲
他仿佛走了很久
才回到，我们这里

我像另一个父亲
披着和他一样的旧外套
含着拘谨的笑
和他并肩站在
大红灯笼下
在阖家团圆的年夜

2023. 1. 21

面对故乡的群山

我支支吾吾，无所适从
像路人，像一堆
热情的灰烬，倾倒着
惦念。多年前
它们遭受
乱砍滥伐，我痛心疾首
如今它们矗立，巍峨得
决绝，让我心疼
这日积月累的陌生

我曾于此间砍柴
采蘑菇，汲水
它们以沉默
安慰我的艰辛，以沉默
感受我的欢快。最终
以沉默，将彼此
记得的轻轻擦去

2023. 1. 25

这样的时刻越来越少

这样的时刻越来越少，我们
在阳光明媚的午后喝茶、阅读
追赶着时间，这莫须有的借口
姑且令人心安。外面的世界
早已繁花似锦，有无数个花园
明媚的入口
配得上你
柳树的枝条向你摇曳
惦念的故园，肥沃的
田间开满了洋芋花
惊喜万分汹涌而来
在这样越来越少的时刻，在融融
春光里，我们遇见蝴蝶、梅花
踏青的季节，面前的点心
茶水，木质桌椅
春天与我们有默契，都偏爱
古老的事物。它在一棵
桃树上为我们备下了粉红信笺
在你手指，戴上绿莹莹的戒指

2023.2.28

致爱人

你为我的伤心擦去眼泪
为我的晚归留一盏灯
像往事，总在被想起的时候
闪闪发亮。像纯棉土布
总在寒冬，被深切地感激

你难过的时候，我们仿佛隔着
万水千山。在你身边
我经常开心得像孩子
但我只是笑，一言不发
你也只是笑，你在想什么
我了然于胸

2023. 2. 27

春服既成偶作

桃树向我示意
春风和我一起挽留
它们在此间长住下去
分枝散叶，开遍繁花

春水浇灌麦苗
鸟雀欣喜地回应

阳光攀登到山顶
一点一点铲着残雪

亲爱的，我不禁想起
离开故乡那年的春天
鸟群在柳枝上
梳理鲜艳的羽毛

阳光在山顶
一点一点铲着积雪
去往郊野的路上，油菜花
奔跑、欢呼着，我们

熟悉的冬季，它在城市
最高的屋顶上，留下
一层薄雪

像我们经历过的那些事
变成了回忆

2023. 3. 12

黄昏记

将孩子抱进里屋
把盆栽移回檐下

窗边蛛网
捕获了猎物
晚霞，推动远处的杨梅山

隔壁五金厂
一天的轰鸣，停了

对面的工地
民工们生火，炊烟
从白铁皮屋顶逸出来

他们的衣服
缓缓松开了晾衣绳

散步

在细雨中散步，仿佛
我们都还年轻，时代
也还是我们喜欢的样子
慢腾腾，清晰地呈现给我们看

雨落满了街头
一些车溅起
泥泞。你不禁又向我靠了靠
有一种声音，也向我靠了靠
听不见，它们柔滑
像动物的皮毛
从锣鼓上，重新穿回
一头猛兽的身躯

就在那一瞬间，我们
紧扣着的手，握得更紧
我彻底原谅，我走的时候
你没有哭，病重时
你没有来看望我

2022.11.20

江边闲坐

一艘闲置的船，它的孤独
比我突出。枯草缠绕
它的挣扎无济于事
仿佛千万目光注视
无数的我进入人群

我们的交谈也无济于事
词语之间密不透风
但这是最好的选择

一只鸟面对茫茫水面的镇定
并非来自习惯
恰如，我满腹心事
却在人群中与你们大声
分享我的喜悦

而那只鸟孤零零，无动于衷地
看着晨雾遮住的一切

仿佛遮住这一切的
不是雾，是它的目光

2023. 1. 1

惊蛰日在街头

我喜欢的玉兰和油菜都开花了
沿街的墙上绘着我喜欢的农民画
路过的司机，他们的车速让人放心

姑娘们身着暖色连衣裙，她们回头
给摄影师动人的笑容

在我的家乡，每一位司机
车速都使人放心

每一个姑娘
都有这样的笑脸

2023. 3. 6

与父书：推心置腹之人

两个可以推心置腹的人
多少次化干戈为玉帛
不再恶语相向不再相互猜疑
点着灯，让走过的每一条路渐次清晰
其实我们可以，虚拟
更多有着明晃晃月光的夜晚
原本，我们可以失眠
可以流干泪水可以抱头痛哭
不过今夜，只是谈论幸福
父亲，就这样
一颗草木之心靠近了另一颗草木之心
两个面对着面的男人，终于
从对方的身上
重新找到了自己的影子

在林中

雾长出翅膀
充满了想象力
梦幻般的楼群
坐落在林中
我的飞禽走兽邻居
都沉默寡言
所有的房门都紧闭

所有的想象
在雾里实现
我们都不用倾诉和接受
只静悄悄地坐着

等雾散开
等暂时忘却的
一件一件回来

等雾散开
柔软的雨珠
挂在你发梢

我们都不忍擦去啊
如同面对年少时
写在老屋墙上的字

2023. 5. 28

三月偶作

桃花开给姑娘们看
姑娘们侧脸，像一个个
花骨朵。它们开给园丁看
园丁俯身，像一位年老的父亲

桃花开给我看
我抬头端详，像一个好父亲
像一个好父亲，有些
措手不及地看着
突然间长大的女儿

2023. 3. 10

目睹梅花凋零及其他

像蜻蜓翩翩起舞
像温柔的瀑布

像蝴蝶扇动翅膀
像天使的翅膀一样温柔

像雨天想起一件让人难过的事情
像晴天去做一件让人愉快的事情
像阴天，想起一个在远方的朋友
像雪天，长长的铁轨一寸一寸被掩埋
像梅花凋零被察觉，被记住

2023. 3. 1

冬天想起母亲

想起她往炉子里添木柴
往棉袄里填补棉花
往水缸里储水
往麦地盖稻草
往外出的我们手里递手套

想起她给雪人装上眼珠
给稻草人穿上外衣
给墙壁补上窟窿
给院子扫出一条路
在一场大雪里
她给在外省的父亲写信

不时环顾在她身边围坐的我们
不时停笔，往炉子里添木柴
长大之前，我第一次感受到
那种有别于炉火的暖和
来自母亲的双手和目光

2023. 1. 16

记忆

第二辑

在雨中行走

雨水引领电线朝我们而来
雨水镶嵌在蛋糕店精致的房顶
雨水蜻蜓似的倒挂在香樟树间
深眠的虫，都醒了
鸟在跟前，打量我们

雨越来越大，打在伞上
濡湿你光洁的手臂
头发，每一个地方

雨伞无济于事
放缓了脚步，我们相互取笑
像一对新婚夫妻

2023. 2. 14

记忆：村庄的局部

斑鸠在抒情，像篾刀修补仓廪
一粒一粒，鸣啼金黄
啄木鸟像谁，在敲门
风吹松果，黄金似的季节
村小学的放学铃，闪烁
温暖光芒

一双童年的眼
注视这一切

炊烟从房顶上升起
燕子飞到檐下
亲人们从野外回来

他们像一层薄雾
朝小小的村落
围拢过来

柳枝向河面围拢过来
我在暮色中回应它们

我们的注视
多么新鲜

我朝河里扔土块
水面溅起了
热情的波纹

2022. 8. 6

夏日：村居

船拴在岸边
马在山下吃草

蝉的嗓音明亮
蜘蛛的网，在这明亮的
歌声中荡漾

我们在收割麦子
孩子们在追逐

祖屋端坐树荫中
他用一位父亲饱经风霜的眼睛
打量每一个人
船、牲畜、土地
与生活息息相关的事物

粮仓饱满，厚实
似装满一颗颗善良的星辰

马匹锃亮的蹄铁
在野花丛中闪闪发光

我们的羊在吃草
偶尔抬头，欢快地咩咩咩叫

2022. 8. 24

山溪

有时遇见一座山
它们停下来
有时遇见一个口渴的人
它们停下来
有时遇见更多的山溪
它们只是摆了摆手
有时遇见我
它们笑着停下来
直到遇见一条大河
它们才会惊喜地
大步迎上去

2022. 8. 27

林间

鸟鸣、树叶和雾
多么新鲜。我们的交谈
笑声和注视多么新鲜

砌堡坎、种树……
父亲用汗水喂养
一家人的日子

风在林间鼓掌
新一季的草丛
和灌木激动不已

去年的落叶
祖母似的絮叨
风不停地翻动它们
沙沙作响

父亲把路修到了家门口
路把松涛引到院子里
它们一起

将古老的歌谣流传

一条河分成无数支流
它们在这里形成秩序美学

林间新鲜如创世纪
云霓温顺如羊群

而真正的羊群
在默默吃草
我年轻的母亲，披散着
湿淋淋的长发，走向我们

2022. 9. 13

与母书：幸福在别处

抱歉

你离去之后，我曾经无数次

在人前人后止住悲伤

努力制造融洽的气氛

掩饰你下楼的脚步

我巨大的失落

知道你没有走远，在高处看着我

夜宴散席了。幸福在别处

好在你来不及松开手

也来不及伪装开心

如同我来不及

背过脸去，擦去大颗大颗的泪珠

与子书：姓氏和理想在异乡

我必须这样比喻：
姓氏和理想在异乡
命运薄如瓦片，薄如
一丛青草的轻曳
你来。声音浅于燕翼掠过南方的烟柳
此时，我偏激，依稀还有愤青的模样
我正值而立之年，一无所有
命里和手里紧握一个姓氏
以及空空的行囊，理想
你不谙世事。拖着哭腔喊我
儿子，你和春天
一起住进我的眼睛里
就能够洞悉和填补
一个中年男人
内心的空虚和苦楚？

春日偶作

花草簇拥着我们的祖母
穿过一座寥廓的果树林
走向广阔的田野

岁月那般长久
土地那般厚实
她对我们的爱

祖母把马群牧于山谷
她整日都在搬运粮草

不时回头望
她牵挂我们

像太阳，不时
照在潮湿的屋顶

在丰腴的马背
在静悄悄的院子里

2022. 2. 21

在乡下

我叫不出名字的鸟飞出
林中的巢
我抡起锄头劳作

鲤鱼一遍遍数着气泡
水草轻晃我的船
柳枝懂得它们的快乐

我的锄头长出翅膀
掌握了语言
与我达成共识
与蚯蚓和枯叶交谈

那些鸟尝试与我交流
它们蹲在旁边
耐心等待我的回答

2022. 11. 16

秋日：黄昏所见

青冈树坐在干草中间
我也坐在干草中间

夕阳下坠
这壮观的参与

一只蚂蚁沿树干攀缘
这庄重的参与

斑鸠落在蓬松的树冠上
这欢愉的参与

一个担着柴火的人正在下山
这日常的参与

我用并不动听的歌声赞美
我的参与可有可无
却又不可或缺

2022. 10. 6

靠近村庄

如果把流水线当作村前的那条河
你就离村庄近了一小步

和你交接班的那个男人或者女人
可以把他们
当作远亲或近邻

监控器和厂规是蛰伏着的蝗虫或一场天灾
铁件和塑料件是粮仓里的玉米棒子或稻谷

我们住在出租屋
正在褪色的工衣
以及被挥霍的青春
让我们看起来像一堆倦怠的草垛

车间是宽敞的旷野
阳光和雨露
聚合成一束光，照耀年轻的我们

深山音乐会

鸟类纷纷开始表演
在森林大舞台上

在树梢上
蕨类植物上
溪流旁
顽石上

鹰没有带来危险
啄木鸟一个劲地问候
画眉精通各种唱法
锦鸡将美声唱法发挥得淋漓尽致
斑鸠一曲又一曲不停地唱
喜鹊的民族唱法压轴
乌鸦一直在喝彩

我们坐在树桩上
专注而庄重
我们是远道而来的评委

认真倾听

默默打分

2022. 9. 26

一把二胡坐在我膝头

风和云朵
高山和流水
热切地重逢

琴筒里，游动着
一条斑斓的蛇
它有一副好嗓子
有修长的手指
时而耳语、啜泣、趑趄
时而慢慢抚平一本曲谱

它疲惫时，轻轻地
坐在我膝头
像一个多年知己

2020. 11. 17

雨转阴，兼记惊蛰

街边新叶繁盛
城内外河流水位上涨
高架桥和摩天大楼湿漉漉的
一座城市和我们一样
有了一副新面孔

我们的绿植发了新芽
年迈的女邻居开始晨练
爬山虎和常青藤疯长
我们赶紧
将杂物挪开
请它们给孩子筑一道春天的墙

在大转盘

大转盘，我上下班的必经之地
或担山夜市，我常在
旧书摊淘宝，那个
拾荒老人常在那一带讨生活

他抿着嘴，像极
我倔强的父亲，只是
他先于我父亲向生活缴械
他们年纪相仿
六十岁上下，同样满脸络腮胡
只是他的全白了，父亲的半白
他开口说话
似一只白头翁在嘁嘁发抖

他还比我父亲瘦，而且黄
仿佛刚从树上飘落的一片叶子
他太单薄了，让我想起孤单的父亲
让我产生保护他，或者亲昵地
拍拍他肩膀的冲动

我想，他一定和我父亲
有许多相似之处吧
也有个刚过而立之年的儿子，也和我一样
在外省打工？有一点可以肯定
我和他儿子一样，都好久好久
没给他们打电话了，我们都是不孝子
没有留在他们身边，这样想着

我快步走近他，把手中的矿泉水瓶
悄悄放在他身边，其实我真想借这个机会
替他儿子拍拍他肩膀
陪他说一会儿话，随便聊点什么都行

对一条河流的描述

沉默而悠长的河岸
从春天领受了慈爱
滋养着绿萝、水竹
数不清的水草以及鱼类

小镇往南，五塘河在此截流
春风一吹，遍地蒿草
跟着我踏上了去往远方的道路
仁厚而温顺的河流环绕
小镇风物因此有了意义

五塘村的寺庙里
远道而来的香客
带着等待拯救的灵魂

幼儿园的小朋友手持彩色气球
少女们结伴走在河堤上……
春天的疏忽因此得到弥补

我的生活并未因此被打乱
时而还陪母亲撑船，逆流而上
从集市采购日常用品
或者探望长年卧病在床的姨娘……
五塘河像一个不离不弃的亲眷

那些年，船只一次次
载走父亲，然后往回
捎带三五封短信。我看到
年轻的母亲常在夜里
隔窗望着模糊的对岸

月光洒在河面，无穷无尽
五塘河默默流淌
陪同一个女人苦熬着时间

落日下的村庄越来越矮小

—写给晚年的自己

恍然觉察，住了
大半辈子的小巷那么宽敞
院子里的旧物
竟然如此亲切

五塘河水倒映着烟雨
和亲切无比的民居
人们不停地从身边走过

长长的江岸
缓缓穿越
无边田野

人们把金黄的稻草堆垒起来……
落日下的村庄
和我一样，一脸满足、慈祥

2021. 4. 15

向生活表达热爱

暮秋的河水愈发清冽
宽广的河床袒露了
自己。女人们在岸边弯腰
端详自己干净的脸庞，她们
围起了丝巾。男人们
随手套上外衣，大口抽烟

酒馆里，老板和顾客一起
在临街的玻璃窗下呆坐

公园僻静处，柿树高大
露出茁壮的根须

鸟群偶尔飞过，让我看
它们擅长的惊诧表情

农民工在路边举着
"杂工""木工""油漆工"……的纸牌
小城顿时因为这些
深怀微小希望的事物而生动起来

旁边的妇幼保健医院里
新生儿在洁白的床单上
大声地哭

寻常的人们
以自己的方式向生活表达热爱
而我，来不及做什么
早已泪流满面

看见

微风吹高了越冬的麦苗
柳树空了一个冬季的枝头

院子里的桃树，飞回来的燕子
春天分别给了它们清贫的绿意
盛开的想法和一张在和风里荡漾的婚床

五塘河舒展宽阔的波浪
它在起伏，引领着阳光
和几个在河边打水漂的少年
一条河流在傍晚，获得短暂安宁

我看见一轮清凉的落日
被树杈稳稳托住

夕光，黄手帕似的
在母亲脸上擦来擦去
看家狗听话地卧在她脚边
我看到屋檐下那只蜘蛛
不慌不忙地织完最后一圈

心满意足地顺着亮晶晶的蛛网，滑下来
我看到，它的身子在檐下闪了一下

村庄里的灯
一盏接一盏点亮
河边的抽水机
适时停止了轰鸣

我看到夜晚把星星点亮
母亲转身走上村道
她的背影闪了一下，就不见了

过一座北方小城

大雪里，火车像闪电
擦过白茫茫的大地

没有错过最好的季节
我们紧贴车窗，目光和麻雀一起
落在低矮的屋顶
火车倾斜着拐弯
陌生的城市
像一位北方母亲
向我们点头

我说着南国方言
在她对面，坐下来
那一刻，我们有了留下来的念头

2022. 12. 27

在担山公园看风

风吹清洁工畚斗里的树叶、纸屑
吹早餐店灯箱上罗列的生活细节
向上，吹高压线，传来风自己的声音
向下，吹起一只发烫的塑料袋
它刚被一只手松开

一阵大风过后
公园门旁，一群搬运粮草的蚂蚁
激动地抱成一团
它们找回了失散的兄弟
它们又走在回家的路上

感受一只蚂蚁内心的幸福

它后腿蹬地，走三步倒退一步，走两步
再倒退半步。这个勤劳的搬运工
扛着一只超出自己
体重几倍的飞虫

这是一个让我提心吊胆的过程
仿佛听到它粗重的喘息
像那一年在省城
磊庄机场，体重不到九十斤的我
挑着两百斤的水泥上楼

我想，也许它和我一样
是两位风烛残年的老人的儿子
是两个孩子的父亲……
我们因为肩上的责任而咬牙坚持

我看不清它的表情
但我知道，那颗小小的心也因为
对生活的热爱而荡漾着幸福的浪花

超市

节假日的超市
拥挤得难以再插入一根针
人们围着一个和我在乡下的父亲
一样装束的老人，有人起哄
有人问长问短，老人反复说
儿子把他弄丢了。看得出
他难为情、慌张

他转身，抱紧茶叶店的原木茶几
怎么也不肯松手
我知道，在城市里
他只认得，抱住的那截树桩

我想起，小时候
父亲带我进山打猎
我走丢在深山里
抱住一棵大树使劲哭
天很快就黑了
可以感觉到，风和鸟雀
在树梢上走夜路的声音……

我至今记得，恐惧
怎样一点一点布满我的周身

母亲的眼神像那些老玉米

那些玉米秸秆
横七竖八放在地头
像我那些在田野小憩的乡亲

风中呜呜响的玉米叶子
像反穿着破外套的父亲

被鸟雀遗落
又在一场雨里发芽，生根的玉米粒
它们在贫瘠的土地上
怯生生地拱出小脑袋

我的母亲伸手
慈爱地弯下腰
她的眼神
像粮仓里的那些老玉米

雨中与沈建基先生在任佳溪登山

我们对着一棵被大雨冲倒的古树
和倾倒药渣的老妇人陷入沉默
一根在山间毫发无损的朽木
一条急急奔流的溪水同样让我们沉默

对于美好的事物饱含期待
我们从来如此

天空疾走的乌云
仿佛拖着干草的马车，这是我们
共同喜欢的诗句

穿过最后一片林地，现出
雨中的洞山寺
我们开口说话
语言像钟
被淅沥的雨点敲响

2020. 4. 20

萤火虫

萤火虫沿着河面低飞
月亮在水中起伏不定

它们沿着山冈低飞
那些无主的坟
微微抖动，有些不安
像有人，提灯站在旁边

当我路过田野
它们就向我围拢来
仿佛我是同类

当我回头，它们紧随其后
我仿佛行走在广阔的星空下
与它们告别，我感觉到
前所未有的孤独

抒怀诗

台风刚过境，院中藤蔓
又新结了几个青瓜
阳台上的座椅又旧了几分
围墙挡住了阳光

我换上长袖衫
看一本搁置太久的书
鸟雀在行道树间穿梭
对街的石雕厂机器轰鸣
有人高声交谈
他们运走了墓碑

台风遗留的萧杀之气
渐渐从他们的眉眼间褪下去

城北记

我和爱人，孩子共进晚餐
雨顺着屋檐，落下来
我们种在瓦罐里的鱼腥草
发着微光

路灯也发着微光
小区年老的保安在门卫室打盹
他的对讲机发着微光

房舍和街道发着微光
云朵发着微光

雨滴发着微光
落在我们身旁

脸上发着微光的我们
在院子里坐了很久

2021. 3. 9

怀念

第四辑

那些年

公交车司机使劲摁着喇叭
声音落满空旷的站台

我母亲，提一桶水
走向近处的楼房

我父亲，在阳台
欢喜地张望

电视转播塔闪耀光芒
那些树，慢慢掉下叶子

街头飘来水果糖好闻的气味
街灯下的摊贩有些疲惫

我们在商店门口买汽水
在电影院里抢座位

广场的大钟走得有些慢
音像店的录音机有些跑调

我们走在返程的路上
星星滑向夜空深处

回家的想法
如此相似
快乐，又急切

2022. 11. 1

春天来到县城

幼儿园里孩子们的欢笑
翻越湿漉漉的围墙

路边的植物整洁、繁茂
有的开花，有的结果

我有许多话
但一句都不需要说出

2023. 2. 3

我们

飞机在低空划出好看的痕迹
我们踩自己细长的身影
车辆碾过泥坑
流星掠过云层的沟壑

蚊虫启动隐形的螺旋桨
在我们头顶
城中村的路灯
从河埠头沿阶而下

仿佛通向遥远的大海
我们走进夜市
走进艺术馆
那里是一座更广阔的海洋
群居的贝类，睁开眼睛
起身追上了我们

2022. 8. 25

在心里安放一座村庄

落霞挂在桥墩
乡亲们闲坐谈古论今
翻阅日历

他们散淡，说着令我安心的俚语
他们扎稻草人，内心的想法
低低地飞，靠近了泥土

他们深爱万物
如同蝴蝶深爱花朵

蓝天如同谁刚用水洗过
白云卧成牛羊模样
人们纯真的笑容让岁月停止了步伐

闻着五谷的馨香，看着一张张
亲切的面孔，他们不是我的远亲，必是
近邻，一路上飘来歌声，不回头，也知道
火红的日子，来到了我们的村庄

在河边

浪拍打着它本身
每一下拍打
仿佛都在拍打我

每一下都很轻
仿佛它知道
我的心已经很疼

一只落水的蚂蚁
挥舞看不见的船桨
只有我
看得见它的筋疲力尽

一艘旧船，泊在岸边
齐人腰的水草
它们扶着它

2022. 7. 13

旅店所见

在雨雾中散步
我时而抖伞
风吹灌木
它们轻甩身体

一个年轻的母亲
抱着婴儿穿过长廊

年老的保洁员背靠廊柱刷短视频
她陶醉在抖音的笑声里

货车运来煤炭
身着军大衣的司机
哈着气在小旅店门口搓着手

热气腾腾的小旅店
在晨雾里，晃动

2022. 6. 28

雨中回家偶作

门卫在驱赶睡意
雏燕们笨拙地躲避雨和他

风呼啸着
一场大雨，像松开了
缰绳的马匹
在教堂的尖顶奔腾

水流和落叶覆盖我的脚背
汽车在我们身边
放缓了速度，艰难地
驶向目的地

我突然对人间，产生了
从未有过的依恋

2022. 5. 15

那年的父亲

父亲夜里带我去看医生
他在河边洗手
给我喂水，我看到
满天星光在他掌心晃荡

夜风呼呼地吹，鸟兽噤声
只听得见，他急促的呼吸

野草在后退
仓皇若我

月光洒满我们的身体
这是无偿的给予
慰藉一位父亲的贫穷和焦虑
一个儿子浅浅的睡眠和敏锐的听觉

旅途中的一场雨

雨点敲击小旅馆的门头
我们都很旧了，像任何一天
局促的傍晚

旅客们从这里
去往任何地方

任何地方的雨
被云朵搬运到这里

任何地方的电缆，把电流、视频
声音和图像送向这里

那些电缆也很旧了
它们像一片海岸
裸露出嶙峋的脊梁

雨中的一切，轻易就
接近了本源

我们的注视
多么新鲜

对面树上的叶子
都贴紧了枝丫

我回家的念头
变得无比急切

2022. 4. 12

送别

我们穿过收割之后的水稻田
鸟雀衔着谷粒，从容盘旋而去
你惊叹于这掠夺之美

我们穿过正在落叶的树林
有人坐在伐倒的圆木上促膝交谈

你在林间空地
挑选一截矮树桩坐下来

有的树桩慢慢朽烂
有的孕育细芽
有的长出蘑菇……

你服从于这杀戮之美
痛苦的何止我们
何止这些草木

我们还要习惯于思念和荒凉
习惯身边突然空出来

习惯诸如梦中失足
坠入深渊的慌乱
习惯送别的滋味
像一个人口里含着治病的药片

2021. 11. 11

异乡火车

星辰在砂砾间投影
可以预知的远方，让我
眼睛焕发神采

像往事被孜孜不倦地追述
列车在翻山越岭

汽笛声在循环，仿佛我们
总在追忆逝去的光阴

经久不息的思绪
如同不倦的火车
我看着它们沿着
陌生的风物
进入更广阔的陌生之处

任凭它们沿着
我的眼眶，寻找到泪水

2020. 8. 25

送别挚友

那一年，哼着歌，我们去车站
路旁蜂蝶慌乱
穿越密匝的林带
穿过陌生的人群送你出远门

这一次，我们穿过哀伤的绿荫
穿过无数沉默的坟墓和花圈
仿佛一群哑巴
去看望，一个哑巴

彼时，遥远的他乡曾让一群
年轻人欢欣雀跃

此刻，死亡的气息让一群
中年人学会了闭嘴

护送一只蚂蚁回家

它停止赶路，躬身紧挨一粒泥团
躲避迎面而来的一队放学儿童

它直立，攀越一截陡峭的枯枝
我感受到了，来自它脑海里的眩晕

整整一个下午，我看着它机警地
绕过一只觅食的麻雀，一个
醉鬼东倒西歪的脚步……

看着它长途跋涉，在日落时分
熟门熟路
头也不回地奔向
一个高高隆起的土堆
我才彻底放下心来

深山记

这个下午，劈完一担木柴
我并未着急动身
我看蚁群不慌不忙地搬家。大雨到来
之前，有一大把光阴供我们消磨

蚂蚁的新居，在树洞下
干燥，宽敞。我由衷替它们开心

月季花瓣在刺蓬下堆积
我坐于它们中间。随着时间流逝

为自己的冒失忏悔
刚才冲撞了一对谈恋爱的锦鸡
我祝福它们白头偕老

祝福每一朵花都能够在枝头凋零
祝福我砍伐的每一棵树
到来年春天，桩上都萌发新芽
树上都有鸟雀搭建新居

拉动灯绳的陌生人

我爱书店主人插在
瓶子里的一束月季花

大多数人爱它们
被暴力衬托的美

我爱它们无人知晓，悄悄地枯萎
平静而缓慢，恰似我心境
我从书店出来
看到一位白发老者推着轮椅上的老伴
走在夕阳下的街头
时间在他们脸上的皱纹里交织
落在他们身上，从橱窗
倾泻而出的光，像久远的岁月在返回

巷子深处，晚灯次第点亮
使人心生温暖的千家万户
我默默地感激所有
拉动灯绳的陌生人

灯赋

孩子，为了让你不至于
对所见感到失望
我告诉你盲者的眼睛
是耳朵，是手，是感应世界的工具

当年我年轻的母亲，也曾
对我们说过类似的话
在父亲外出讨生活的那些夜晚

舍不得灯油
我们依偎在母亲身边
野兽在村口走动。我们依靠耳朵
手和心的感应抵御
恐惧。母亲一遍遍
柔声安慰，别怕别怕
瞪着眼，却如同盲者
终究没舍得点灯
我们没有绝望
千疮百孔的命运
在漆黑的夜里
紧紧地把我们搂在一起

刻碑者

刻碑人住在村口
他手疾眼快，干脆利落
刻罢最后一笔，他总是
长舒一口气，喜上眉梢
仿佛，他替人世间，又获得了
一次宽恕

也有例外
一次是给一个
殉情的花季少女

另一次是给他
车祸身亡的女儿
他刻得分外缓慢
他小心翼翼
流露出老父亲温和的
眼神，慢得仿佛要将
时间凝固下来

谁能告诉他，一个
父亲的一生，究竟
要经历多少次
如此这般的无能为力

出发

——致袁可嘉先生

铁轨颤巍巍地咳嗽
你在遥远的喧嚣里出发

你用很多年时间
绘制一册航海图
睡梦中枕过的细浪
作别大洋彼岸和异国风物
仿佛所有句子，罗列在你的膝盖上

码头，舟楫和精美的诗集
"普遍泛滥的是绿得像海的忧郁"*
你的下巴，枕在温暖的诗句上面

＊注：引用袁可嘉诗句

2022. 11. 23

写给袁可嘉先生

你的记忆，在钟声里
客居多年，它的绿锈逐渐
布满百感交集的脸庞

院子里木槿花小心翼翼地开放
像你写下的文字，让我们热泪盈眶

阳光倾泻在构树上给我们看
探访者纷纷抵达公交车站

你的沙发整洁，书桌上摊开的一本书，长出老人斑
那些句子，背靠故乡的大海，与我们找到共鸣

我常有这种错觉，你微笑着，依然
端坐于书房。慈祥的母亲在院子里
忙碌，人间安宁，缓慢，从容

2022. 11. 24

在袁可嘉故居

——兼寄木耳、沈建基、飞白、一宁诸君

有些书籍对我们
仰起宽阔的下颌。有人怀念
属于诗歌的黄金时代，深情
诵读《当你老了》
窗外的工厂
机器轰鸣，仿佛时代的足音

有人在走廊远眺，她无意中
伫立成一句温暖的诗。有人
在公交车站张望。有人
推开楼上虚掩的门
那份矜持，和疼惜，恰如
刚才，我的手抚过走廊上
油漆剥落的栏杆
室内的你们
提及一位长者的一生
以及他"追梦当年的眼神"*
旧时的河埠头，绵延

不绝的波涛
繁星似的闪现

＊注：引用袁可嘉诗句

2021. 10. 5

我们的注视
多么新鲜

和父亲一起散步

人工湖边新栽的柳树
紧挨着老柳树
周围安静下来的时候
它们轻声交谈

老麻雀叼着食物
往返于它们的巢
幼鸟叽叽喳喳
一对年轻夫妇和他们年幼的孩子
目不转睛地看着这一切

风抻着电线的样子
如同我扶着父亲走路的样子

我扶着父亲
我像一棵新柳树
紧挨着他。我们慢慢地走向那些
轻声细语交谈的柳树

2023. 3. 31

在傅家路村

每一个回廊
都通向春天的公园
老支书的热情，符合
人们期待的样子

生活在这里的麦冬，契合
人们对自由和幸福的理解

荻花热情奔放，我伸手
有几朵扑进掌心
迫不及待的它们，仿佛是我
放学回家的一群女儿

她们懂事地倚着栅栏
和我一起等待，她们的母亲
搭乘的末班公交驶入村里的车站

2021. 10. 5

鸣鹤古镇

鹤鸟的羽衣，它的喙引人注目
清亮的嗓音垂悬
深巷里的小镇，在阳光下不露声色

她的陶，她的湖和旧时盐场
渐次浮现
现代的桨，划动岁月的船

她的青瓷，谁手心的余温
如星辰闪烁

一只只鹤鸟的翅膀拍打
仿佛无数的词语，俯下影子

宽慰悲喜参半的人世间。我遥想
不曾虚度的一生，以及
常伴左右的你，不禁百感交集

上林湖：青瓷或故人

湖光照耀的事物都有古风
窑火的波涛涌动
重新被我们看见的瓷
它们仿佛故人走散在人群中

行走于上林湖，如同翻阅史册
我像故人，在青瓷面前端坐如仪

我随青瓷进入沉寂的岁月
凝视温暖的窑泥

我如同窑工，伸出双手
时间拍打我的指纹
如湖光拍打岸畔

我们一起走在人群中
十指相扣，笑容干净纯粹
像这里出土的每一件瓷器

江边

羡慕涉江而过的水鸟
依江而居的渔民

羡慕水鸟的自由
渔民的自在

在江边坐下，肩上
落满了水鸟潮湿的鸣啼

在江边行走，耳边
萦绕蔚蓝的涛声

这时候的我，让人们羡慕

2023. 1. 1

在老屋遇雨

过去下雨，内心忧虑
房漏，让父母愁眉不展
农事繁忙，应接不暇
但也有小小的惊喜
父母不用出门
一家人都在一起

如今看雨打芭蕉，像亲人间
一次长谈
雨水打湿石板路
恋人们来回奔跑……

如今在老屋遇雨
叮叮咚咚敲打瓦片
哗啦哗啦盛满池塘
有一种惊喜
从遥远的时空而来
在这里，重新找到了我

2023. 3. 1

一个春日早晨

村庄里，第一个
醒来的人，能够看见鸟群
站在树梢歌唱

清脆的歌谣
被更多的人听见

我父亲，赶着牛
从雾气缭绕的田野回来

雾气漫到灶房里
将我母亲、柴垛和水缸
轻轻地笼罩

这时候，屋顶更显低矮
晨雾中漂浮着亲人们交谈的声音

我仿佛一直在他们中间

2023. 3. 3

海边的傍晚

傍晚时，许多事情
都来不及了
白天四散的朋友们
又聚在一起
主人热情地挽留
大海也一样

大海像活泼的女主人
但是离别让她有些难过

细沙没过脚踝
朋友们模拟海浪的尖叫
我们的船
悄无声息地靠岸

我弯腰，掏着鞋子里的沙粒
仿佛回到故乡的某个傍晚
天空如同此刻的大海
离我那么近

我弯着腰把草木灰
一点一点从灶膛掏出来

2023. 3. 6

秋天的事物

松果坠在草丛中
稻穗垂在田垄间
枫叶堆积在树下
这些都是秋天的事物
我体验过松鼠搬运
松果时内心的激动
我感受过挥镰
收割稻穗时的喜悦
黄叶无声滑落

我躺在树下，云朵路过时停留片刻
一只蚂蚁路过时，给我留下一点食物
一只松鼠路过，给我留下一枚松果
秋天慢悠悠路过，像母亲
脸上流露怜悯与慈爱，吻我额头

2023. 2. 27

怀念炊烟

一粒雪飘多久才能接近，我们
看见的高度。一缕炊烟要
飘多久，才能从我们眼里消失
一个人忘记炊烟
需要一辈子

回到乡下
炊烟已不是旧日模样
它们飘散在电磁炉和煤气灶间

它们不在屋顶
屋顶有一层薄薄的青苔

它们像黑夜里的光
曾被记忆里的炊烟缭绕
在那个慢慢消失的年代
像时光，爬满我的眼角

2023. 2. 25

在江南写诗

（代后记）

海德格尔说："诗人的天职是还乡。"我越来越认同。

持续多年写作，第二故乡和故乡的一草一木、一山一水、一人一物犹如两支势均力敌的军队在我的脑海里对垒。

从家乡到宁波的十余年，许多事物已面目全非。在经受时间无情摧残的同时，我也收获了岁月的馈赠。从山迢水遥的云贵高原来到江南水乡，我历经了重新确认自己的身份、重新审视自己的创作的必要过程。

我的写作同样历经了由自发到自觉的过程。有相当长的一段时期，我的笔下充斥着对故土的回望、对亲人的思念；有一段时期，则裹挟着人在异乡的彷徨与困惑；时至近年，也许是年岁渐长的缘故，我越来越向往笃定和安静的状态，我不再过多关心外面的纷争与诱惑，我只愿意去描述在尘世间行走时让我感到温暖和充满希冀的那一小部分，如同困顿的行者终于结束了漫长的羁旅。并非抵达了终点，而是我懂得了怎样去妥协和拥抱生活与命运。我懂得适时停下来，品味四季变迁和大自然的美，以及在与人交往时如何发现他们身上的闪光点。

曾经的乡村生活，那些平凡庸常的日子引领我敬畏与人类共同享用阳光雨露的万物，也教会我尊重一切劳动者，一个荷锄在一丘田地上打发一天时光的农人，甚至一只乐此不疲掘土的鼹鼠和采集花粉的蜜蜂。即使一枚在深秋黯然飘落的叶子，我并不认为是顺从于死亡的召唤，而是一种默契的呼应，一次深情回眸和靠近。解读和感悟这些朴素而敏感的事物，逐渐让我明白，这些事物里所蕴含的有血有肉的细节和温度，正是长期以来我的作品所缺失的那部分。由此，我认为，我找到了往前走的方向和理由。

如果说，非要找一个理由来解释处于当下城市里不安定的生活，我仍然抱着波澜不惊的态度，在夹缝中用力地活着并写作。答案就是在云贵高原二十余年的生活里遍布的磨砺和考验。和大多数农家子弟一样，父辈们的彪悍和坚忍，豪爽与从容，他们竭力使平淡如水的生活变得多姿多彩的态度潜移默化地影响了我。

父老乡亲们对每一个日子都满怀希望和感激，他们感恩粮食，感恩雨水、阳光和空气的无私、博大。在这样的环境下，注定我最终成为和他们一模一样的人。即使后来在城市生活，西装革履穿行于车水马龙之中，我的身体内跳动的仍然是一颗高原之子朴素、憨厚、滚烫的心脏。在灵魂深处，我一直保持着弯腰的姿势，我向周而复始、宽容又简单的日子致敬，向热爱生活的人们致敬。我愿意并尽力让这些元素在我的作品中呈现出来。

改变是一件使人极其痛苦的事情，因此我固执地坚守着很多东西。我认为，高原上的生活，更接近本源和真实。先人们固守先有春种才有秋收的观念，反对不劳而获，这些都备受后辈的推崇并得到了继承。从记事起，父辈就向我们传递一种有付出才会有收获的态度，这种态度，指引我为人处世，让我的写作从初始就尽可能地剥离功利性。我把自己的阅读和写作当成一种业余爱好，与钓鱼、打球别无二致。正因为这样，我能够体味到写作的愉悦，力求保持内心的澄澈。

我的写作只有目标，没有目的。

如同父辈们辛勤而小心地耕耘着自己的一亩三分地一样，我在诗行里构筑自己的乌托邦，仿佛一个农人羞涩而坚定地守护和创造着属于自己的一些小秘密和小惊喜。

童年时期，我从祖父口中了解到，先民们在不断的迁徙、战乱中始终虔诚地传播与发扬属于本民族的习俗和文化。不经意间，后辈与前辈的选择与坚守惊人地一致。

我至今仍然清楚地记得，少年时代躺在谷垛旁一知半解地阅读手抄的半部布依族史诗，但始终没有人能够告诉我下半部分的下落。后来诗集随着寨子里一场惨烈的火灾付之一炬，成为我这一生中巨大的悬念。

事实上，无论我怎样设法逃避，我的写作多多少少还是影响了我的生活。但我始终排斥让单一的写作成为谋生的手段。因为我骨子里对文学的敬畏，使我一再坚持让我的生活和写作保持一定的距离。

很多时候，我觉得自己无比幸运，正因为写作，我发现并感受了更多的美和快乐。

正因为写作，我不断修正与升华幸福的定义。空闲时，给父亲打电话，这就是诗意的幸福之一种。关注云贵高原的天气预报，乡亲们在村寨里的生老病死和嫁娶……我将这些视为一首离歌时而忧伤、时而欢快的旋律在我的世界萦绕。

我忙里偷闲的阅读和写作，仍将在简单而琐碎的生活里继续。我身上的高原烙印，以及我写过或即将写下的诗篇，每一个字每一个标点符号都映照出我的真诚和敬意；每一个篇章都是我对悲喜交集的人间表达着我的善意和热爱。

再次向宽容、关心、关注、关爱我的人们致以最诚挚的谢意！

2023 年 3 月